米羅・卡索

草木有情

鋪草坪記（代序文）

蘇紹連

韓國草與台北草與斗六草與新加坡草
這群姊妹，爭取著到我家的別墅庭院
宣布葉片變黃時，所有的詩皆休眠

若妳是綠色地毯草，性慾潮濕、微酸
貼地匍匐，從少女到少婦
何時和我攜手將它染成紅地毯？

性優，性佳，全是淡綠色的心情

草木有情　4

若妳是假儉草和蜈蚣草只忌長期乾旱
不懼我踐踏影子不需我修剪趾甲

何時發現砂地裡我遺落的隱形眼鏡
變成淚珠，百慕達草上的動人陽傘
性，不過是瞬間照下來的陽光

妳想起濱海的聖奧古斯丁草
從來不誘鳥，文字在那裡度假不會有性慾
只是我還未和一首未完成的詩做愛

目錄

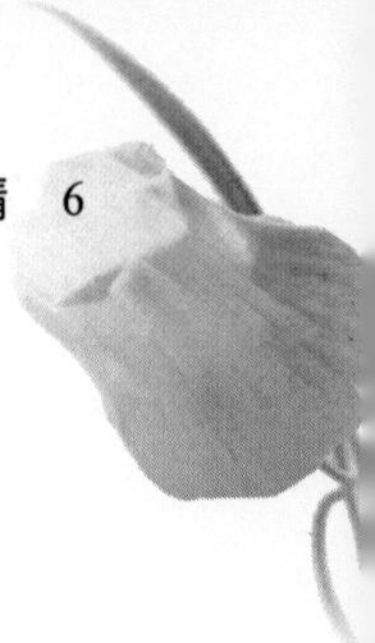

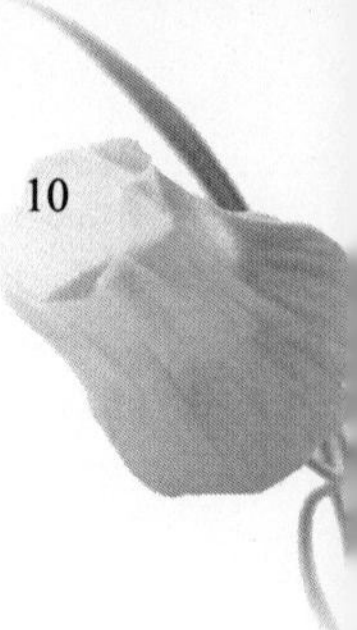

輯一

紋身葫蘆

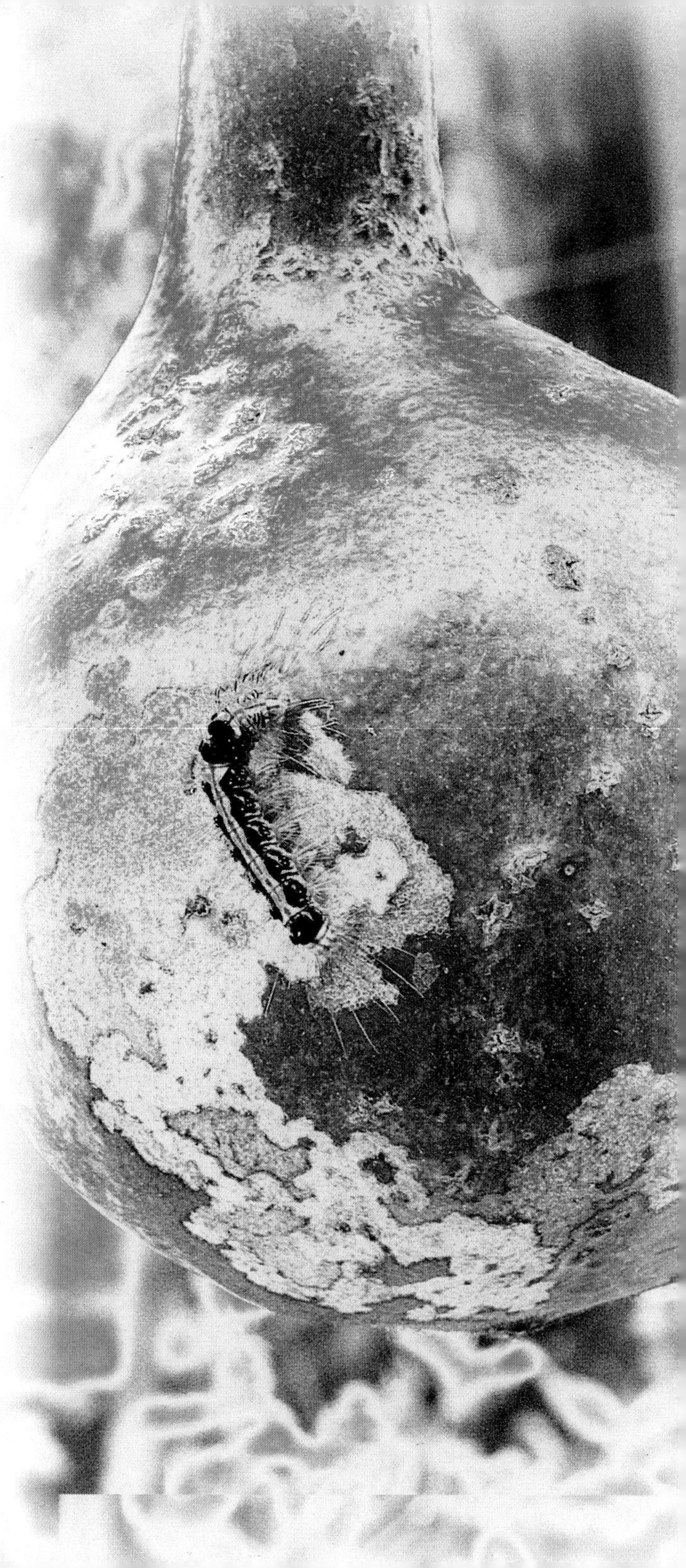

紋身葫蘆

那夜，你用刀片刮去自己的皮膚
只為自己的肉身
能從失去青澀的時刻
留住我為你捏塑的形象

你青澀時，是夏天
這樣的季節我求取一片蔭涼
在陽光中我縮小自己
在陽光中我沿著蔓莖攀爬

跟著你一起成長
找到你時
在你身上刻畫這一季的生活
交錯的痕跡裡
怎樣找回刀片劃過的聲音？

雁來紅印象

你的童年在十七世紀中葉
你的思想在二十世紀末才成熟
所謂思想，就是懂得
把密集的花團開在葉脈
使你的額頭頂端出現鮮紅的色彩

這是自由的，你留了龐克頭
以遊行的方式穿越都市叢林
這是自由的，你輸入別人的血液

用一張床和同伴交換了愛
我並不是不想自由
只不過我一直考慮這三百年來
怎會使你的思想，如此鮮紅地
凝聚在額頭上，而不在腳底下？

球根海棠

早春，每一個人都有心事
若拿來慢慢搓揉
最終的一團
又肥又圓，成為一粒種球

就直接埋入園圃中
約十天後心事發芽
從胸口冒出
像許多隻小手
希望你拉起它

每隻小手是綠色的嫩芽
可是，你的眼睛化為蟲
緩緩的爬過去
吃去了落空的一些小手
另一些慌張無助的小手
縮回胸口裡

我懷著心事的胸口
在夏末，冒出一朵重瓣的紅花
如同以血液染成的
落日，在攝氏二十度左右盛開

伴隨珊瑚藤

清明節前後
總要有一點活著的感覺
把妳的三分之二身體埋入土裡
壓緊四周的土壤
此後，我會天天看護妳

用幾根細瘦如我的竹竿
插在妳的身旁
讓妳動身的時候

能攀附著我
離開清明
和我共同造一個蔭棚

要有活著的感覺呀
葉面突起了網紋
要有活著的感覺呀
花序成穗成串
因而
在花穗末端的卷鬚
掛著一滴清明時節的雨水
至今，晶瑩不墜

蟹爪仙人掌

一群小女孩
腳上趿著一雙雙紫紅鞋
圍坐在蛇木上
腳任意懸空，擺晃
紫紅鞋像一串風鈴
風來了，怎不知道？

沒有風鈴的聲音
她們還是很快樂的

用紫紅鞋踢著風玩
風，怎不知道？
不如來踢我的心
輕輕踢一下，我的心會跳動不止

而且，我的心
就化為一隻勇敢的蟹
　　　　　　　　爬著
　　　　　　　　爬著
舉起燙紅的螯
將風夾住

仙人來作客

雲霧自天而降
使我看不清你怎麼來的
你沒有明顯的身軀
或許，心臟也找不到

你長長的脖子
像吸管一樣
可以讓一杯水
從晚秋流到初夏

再留一些時刻
仙人，飲酒否
飲下一杯烈酒
讓你那深淵裡的心臟浮現吧

風中串鼻龍

你們把我的身體當成懸崖絕壁
離地數千公尺高
從底下往上攀緣依附
若要抵達峰頂
還要等到明年夏季
我的髮變白時

先在我的膝上釘樁
再到我的腰上繫繩

往上，則到我的肩上豎旗
最後，就在我的髮中
紮著營帳

不是我在搖頭
峰頂是多風的
紮不住營帳的你們
紛紛
在我的髮中飄浮
然後拉開一具具白色的降落傘
乘風而去

森林姑婆芋

一座黑色的森林就像她撐起的一把傘
她站在山頭，直直的撐起身子
從山下看她，她在雨中
撐著一把黑色的傘就像撐著天空

閃電的光芒勾勒出她的臉龐
擊雷的聲響撼動了她的髮絲
沿著雨水的流向
流向
我們的鞋下

我們走上去
發現她的身旁
插著幾支朱紅閃亮的蠟燭
才驚覺
這樣雨中的山頭
需要一把溫暖的火
為她點燃

秋末火刺木

秋天是從島嶼的北端跑下來的
舉著火把，穿過黑色的森林
一面跑，一面點燃每一片葉子
秋天，便是這樣瘋狂的
綠燒起來，轉成黃
黃燒起來，轉成紅

然而，我總要回想你
那一簇簇的白花刺在手臂上
和我握別之後

是否還會握到一雙溫熱的手
使你臂肌上的白花變紅？

在秋天跑到島嶼的南端時
我用顫抖的手給你寫信——
友：別後已數年
記得我們舉著火把
穿過黑色的森林
一面跑
一面點燃每一片葉子
記得你是秋天
帶走的……

藍空欒樹下

藍空中，無數紅紫色的小果實冒出來了
而且也長著充氣的翅膀
一直想要往上飛
看到這種情形，我彷彿回到童年

藍空中，茂密的黃花像金黃色的髮
被陽光照得發亮
髮下，秋天的臉微笑著
看到這種情形，我彷彿回到童年

一棵棵欒樹在校園裡
穿著卡其制服的小學生走過去
總要仰臉望，哪一張畫面
可以從藍空中取下來
交給老師

今日，我也從欒樹下走過去
秋天的夕陽一般
緩緩移行
不忍仰臉探察
天空此時是什麼顏色

馬利筋獸角

你那青澀的肢體語言
在我眼前
一句一句從草葉間
像伸長的脖子
冒出來

我也伸長脖子回頭瞧你
你我的眼睛相對而生
從一些葉子的腋間
相遇

從一些分枝的頂端
長出花梗
從花梗的末梢
和你凝視

在凝視的瞳仁裡
長出尖尖長長的獸角
我想
你見我亦如此怪異

輯二

葉牡丹色彩

葉牡丹色彩

老家在歐洲
攝氏二十度以下的生命
從未超過手中的溫熱
但是到了台灣

生命偏愛暖和
心就潤濕了
七天左右發芽
快速奔向花與葉的形象

你自心的中央著色
向外擴展
漸漸憂愁的色彩
塗遍整個下午
整個一生的邊際

絕不
讓腦中留下空白

蕙蘭倩影

你常在我獨坐沉思的地方
圈出一個小小的花壇
你也能在我遺忘的初戀裡
圈出一個小小的花壇
讓倩影如塑像在裡面永駐

是誰的倩影
以永遠的側面，朝向南方
我拿剪刀慢慢的剪下來

將那張側面倩影掛在壁上
並轉朝向西方
和維納斯的側面肖像相對

眼光交會的一剎那
我有了記憶
細細的
實心的
藏著像蔥一樣的綠嫩白皙的手臂
曾經圍住我的頸項

弔鐘花之舞

身穿芭蕾舞裝的小天使
她往上翻起花萼一般的雙手
斜斜的伸向
風的尾端：草原

草原上，瘦小的我坐在那裡
無限遙遠
面向一座荒漠舞台

凝聚十月才為一束的
月光，投照在
舞台中央
她帶著整個荒漠旋轉

我，必被
她所造成的漩渦吞噬

松葉牡丹

妳是路旁野草的家族
在匆匆過路的鞋子下
睜開昨夜沈思的眼睛
看著鞋印怎樣告訴妳的方向

日正當中時，用漲滿的血管
把自己攤開在陽光中
不是日光浴
只是為了煎熬自己
這一生的命運

趕在夕陽西下之前，急急的凋謝
細小肥嫩的葉片真的不知
不知用什麼
把鮮紅的妳包起來
以抵禦寒冷的夜

烈日迎紫薇

太陽的灶火猛烈起來的時候
我坐著觀看：
一粒粒以胎衣保護著的
花苞，在煎熬中爆破
像蛋殼裂開
你才讓花兒冒出

一張張花兒的臉龐是：
白色的鼻樑
深紅色的雙頰

淡紫色的眼影
還有少女一樣的嘴唇
在陽光中微笑著

而陽光更猛烈的時候
我再細細的瞧著：
眼眸是白色的
頸子是深紅色的
淚水是淡紫色的
我才瞿然站起
用我所有的記憶
去覆蓋這些花兒的臉龐

天堂鳥蕉

少年，你手持一支藍色的箭
是要射向哪裡？射童年嗎
童年已駕著馬車遠去了，射未來嗎
未來的目標不明顯呀，射心中的夢嗎
夢在遙遠的南非洲

然而，你還是把箭射出去了
箭化為一隻天堂鳥
神化中的山河，牠要飛過

童話中的森林，牠要飛過
向著心中的夢飛進去

果然，棲息在夢的上端
一隻藍色的天堂鳥
抬起頭來不斷的啼叫
叫著：少年啊，你射中的
是一個沈思少女心中的夢

捲心烏毛蕨

低海拔山區裡，有許多靜脈
穿行在潮濕的泥土底下
它來自心臟，要回到心臟
有時伸出泥土表面
穿入你羽狀的身體裡

紅色帶紫的靜脈
像枝蔓觸及你的心
就把你的心捲得緊緊的

我也要像這些靜脈
去抱緊你的心
別讓你的心升高，至海拔三千公尺

但是，你有許多心事
掙脫了靜脈的纏繞
像火山的血壓急速上升
從心的缺口噴出來
噴出來的一件件心事岩漿
足夠讓我
鑄成千百首詩

軟枝黃蟬夢

夏日午後，我要入夢
夢的門打開，夢的階梯往下延伸
垂入一個無底的洞穴裡

那裡面是夢的天地
我自由探尋，隨意駐足
哦！有一對對薄翅飛過來
並且發出唧唧的聲音
在我的上空盤旋
任我揮之，揮之不去

我回頭，發現一女子飛過來
兩隻臂膀軟軟的
從透明的黃紗袖子裡伸出

伸到夢的窗口
——我以為她要飛出去了

夏日午後，大朵大朵的黃花
像擦亮的銅管喇叭
把我吵醒了，睜開眼發現
有一黃衣女子在窗口匆匆走過

油菜花海

思念是一隻候鳥，在秋季南遷
心是牠的巢，牠振翅飛出
那即將被冰雪覆蓋的心
變得多麼空洞啊

候鳥——不，是飛翔的思念
能預知要飛越的地方
有一甲又一甲的油菜花海
在童年和往事之間
牠就一直尋找著方向飛去

像一枚郵票的責任
帶著一封長長的心抵達

終於
在油菜花海裡棲息
默默閱讀著信：
秋收之後
要快快發芽長大
若結成種籽
就得被壓榨
不被壓榨的種籽
可請求候鳥啣去
…………

紅珊瑚油桐

我不喜歡飲茶，茶使我失眠
失眠之後是憔悴，憔悴之後
是一身枯褐的渣沫

給我一把鹽吧！醃漬我
裝我在一個陶甕裡
封閉我，不見外界
靜靜接受火烤
默默風乾

為讓全身的肉質紅得透明
再加一點鹽吧
塗在我翻起的肌膚上
讓意念的鹹味慢慢滲透
趨使幻想膨大

鹽，撒下來了
我舒展細小而紅潤的手指頭
在炎熱而乾燥的陽光中
一根根的手指頭膨大起來
逐一裂開
像珊瑚的枝椏

案頭杜虹花

案頭。我在鏡子中陪著妳
把我當作是不老不愛的照片
妳對坐在鏡子前梳理歲月
見白髮一根一根
露了痕跡
成團
成簇

我用很長很長的雄蕊引誘妳的青春慾念
從妳身內飛出了許多蜂
許多蝶，許多……
在閨房深處飛舞

夏日陽光灑在案頭上
案頭上，有妳的白髮和皺紋

捲瓣朱槿

外層包捲著內層，不吐露實情的紅唇
只以微微翹起的嘴角暗示了

我仍不懂蛾蝶怎樣為她打信號
把信號捲在風的裡面，把風捲在翅翼的裡面
留一些花蕊一樣的觸角露在外頭
向自己的祕密探索

原來，她把情感和理智捲在一起

把愛和恨捲在一起，把肉體和精神捲在一起
緊緊地密密地相互捲成一條繩索

她的紅唇像一把紅色的銅鎖暗示著
我懂了，必須用吻來慢慢開啟

輯三

紅紙扇的黃昏

紅紙扇的黃昏

台灣南方過去是菲律賓的天空
晚霞總會從那端覆蓋而來
海洋不見了
陸地不見了
我只好去割取一塊夜
丟入太陽的火海裡

其實，我不曾想過
把你種植，能不能活過來

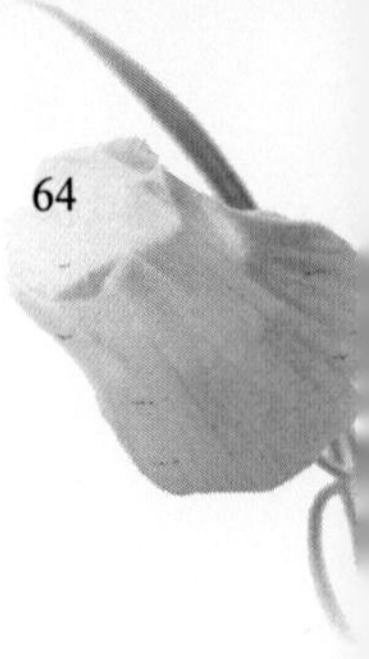

葉片上紅色的脈紋
像岩漿滾滾流向我
流向我背後無數的村莊

台灣南方過去是菲律賓的天空
或者，我化為一顆金色的黃昏星
永遠在晚霞中守著你
期待你像扇子一樣打開
搖一些風給我
所以，你一定要活過來

小蝦花奇遇

墨西哥的海灣在陽光中沉睡
你上了遠洋的船，駛向幻想的海
我的幻想是最深最廣的腦
你得以悠悠的速度
駛進來

要四十年的時光
才能抵達，我以左耳為岸
讓你停靠吧
別忘了告訴我

我的腦中有什麼海市蜃樓
在我的腦中行駛
可仰望我的髮織成的夜空
可回首看我的右耳
是怎麼聽不見聲音
而萎縮為貝殼？

你穿著老家的民族服裝
一層接一層的苞片，在旋轉
暈船嗎？你張著蒼白的唇
趕快靠近我的左耳
告訴我，你要說什麼

滿天星的版圖

放大千億倍來看
地球，只不過是你體內的小細胞
我要看你
必須走到二十世紀的末端
往二十一世紀一跳
跳入宇宙的眼睛裡
期待，睜開的一刻

睜開了

看見你身上的星空版圖
無邊無際，不知你的臉龐有多大
正以細微的亮光發出訊號
通知
遙遠的另一個宇宙
有我這極眇小的船艦
侵入

非洲菊的臉龐

葉片，從根際冒出
妳想或許這樣就是太陽
花，從葉間抽出
妳想或許這樣就是太陽
一梗，生一個頭狀花

那張太陽模樣的臉龐
在末端，微微向下俯視
自己來生的地方：深綠的黑暗

充滿希望，高高懸在
每一個人的頸子上

妳想或許這樣就是太陽
沒有清晨，沒有黃昏
堅持正午

漂來一葉蘭

在我的夢幻中
有一枚草葉般的小舟
升起了粉紅的帆
穿過山嵐霧氣，漂行而來

妳坐在舟上，以小小的球莖當錨
拋入我沈寂無聲的心裡
心裡有一些水苔
　有一些蛇木屑
就全部為妳迴旋，盪漾

並造成一個漩渦
把我的夢幻
一寸一寸的吞沒下去

勳章菊記憶

也許有一些光榮的事蹟
但怎麼找都沒有。陽光找累了
陽光就躺在水上
隨水波流著

那閃爍著的
光的邊緣有一層黃，還有一層黑
更外層有橙紅色，並綴著
鮮明的白點。是有一些事蹟

在光亮的中心
想靠近時，光就消失了

想問問河邊的小孩
配戴在胸前的是什麼
只見小孩跳入河中
和陽光一起在水中流走而迷失
這是一九七〇年夏季所見
那枚唯一的紀念
掛在天空的左胸膛上

野外尋刺莓

我們是一群野孩子
於午後，於四十年代
沿著黃土地上的一條小路
走，是父母的影子在走
　　是我們的年齡在走

午後的陽光追隨我們
頭髮被陽光燒盡，我們成了癩痢頭
皮膚被陽光晒黑，我們全身長了刺
四十年代的陽光烤著我們

我們只是一群野孩子
沒有什麼可傷害
只想讓陽光快快的追過我們
給我們一些陰涼
最好，能採到一顆鮮紅的刺莓
含在口中，把整個夏季吞入

西瓜皮椒草

一片片葉子脈絡綠白相間
綠色來自草原的記憶
白色來自白雲的故鄉

我將瞧見，隱藏在葉子上的你
可能是草原中的一隻綠瓢蟲
或是白雲中的一隻白鴿
沒有其他雜念溶入

也沒有其他雜念形成
如此生活在單純的葉子上
一片接一片，聯結成一簇

草原變得寬闊
故鄉更加遙遠

你一再隱藏將令我瞧不見
我走入草原，在葉子上尋覓
仰望白雲，在葉子上徘徊
此外
我只想把你溶入我心中

紅葉欖仁樹

少年，你穿著紅色夾克來了
來向我借影子，我學生時代的影子

那時候，我曬黑的皮膚
可以塗黑一大面落地鏡子
因此，我看不見
看不見夏季末端的自己

少年，我可以告訴你
我從夏季末端走向秋冬

過另一個年頭，進入二月上旬
我才看見了
鏡中那個羞澀的男子是我的影子

也和你一樣，穿著紅夾克
楓葉和槭樹都沒有這件夾克紅豔呀

天外九重葛

人類給了我梯子
卻不了解，我爬到天空外面去
是怎麼樣的一種心情

只怪自己的生活方式
總喜愛用紫紅的雲彩
橙黃的雲彩
粉白的雲彩
包住了每一片想逃走的天空

我也想回到地球上
求人類不要給我梯子
讓我在地上匐伏、竄延
把心情滲入泥土裡

或許，加以掩埋
才不至於驚動了天空中那輪烈日
召喚來紫紅橙黃粉白……
把大地覆蓋

飛入鳥巢蕨

起風了，靜的轉於動
動的歸於靜

只有你的心不靜不動
血管無限制的伸展蔓延
有的穿過巨大的岩石
有的攀附著高聳的樹幹
還有的，纏繞了我
我和你在微血管交換感情

起風了，我的耳朵被吹走
我的嘴唇被吹走，我的眼睛被吹走

只有我的翅膀留在原地對抗著風
其他吹走的各部位都飛入你的巢穴
任你安撫，餵哺
哀泣我的殘體
風停的時候把我放飛
沒翅膀的鳥去尋找失落的翅膀

輯四

日日櫻心結

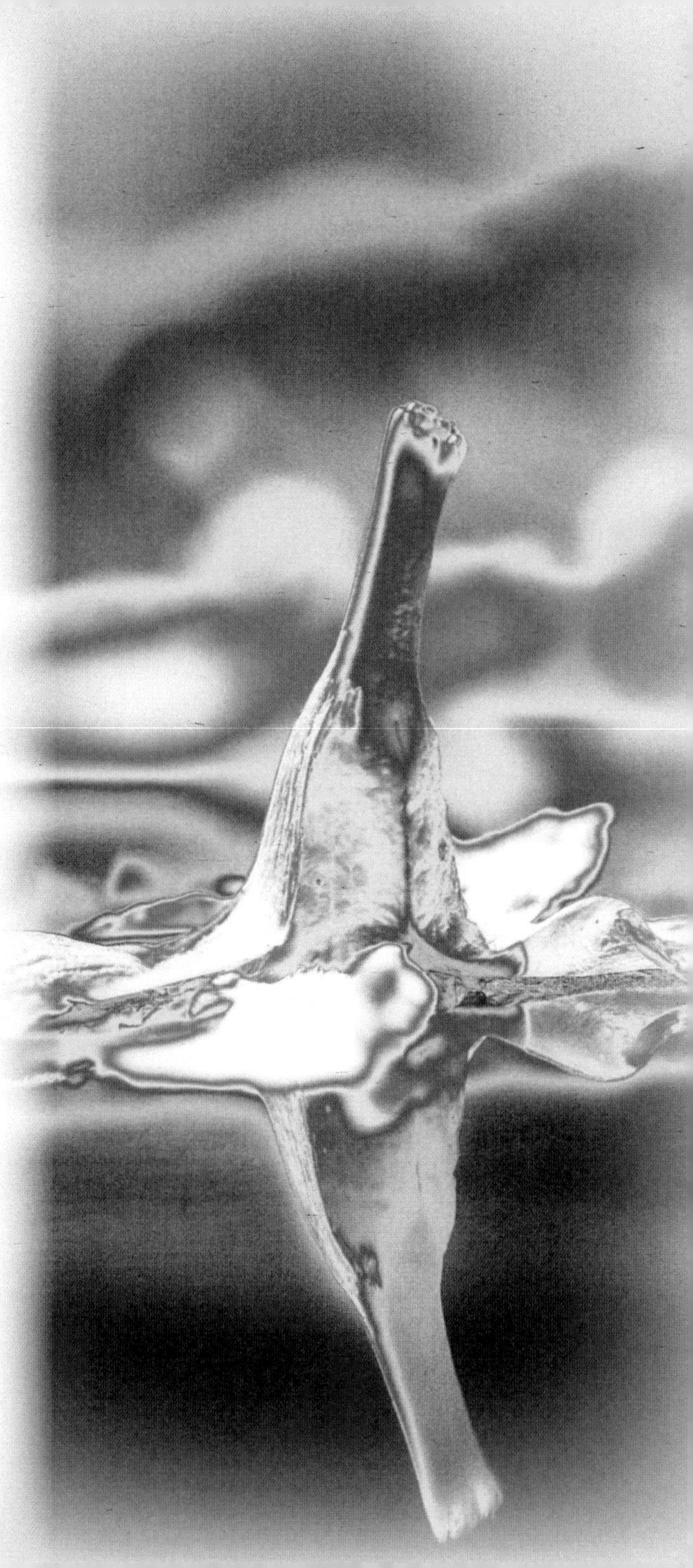

日日櫻心結

檢查結果：
心臟有一個淤積的血點。
探求病因：
是日日思念的那個人
正用他的影像
戮穿妳的記憶

影像在血點裡變黑而且擴大……

處方箋上寫著：

生長激素五毫升
春天的雨水兩碗
植物活力素十毫升
西印度群島的泥土三匙
半天的光照
煎熬服之

靜靜休養三週後
在妳的心臟上
那個人的影像凝結，不再擴大
直至剝裂，從影像中取出
思念的種子

孤挺花流言

流言之一：
連根而生的姊妹中唯妳上過學
留過洋，回來後攀上某某官長

流言之二：
某某官長以利刃切開妳們姊妹的關係
再分別栽植，但只讓妳存活

妳活下來了，從少女變為貴婦

以明媚的打扮，輪廓畫深一些
色彩塗濃一些

好好的挺立，沒有離開自己
卻讓流言沖走了這一生

金魚草吶喊

一朵朵張開的嘴巴
在巢中成串的浮上來
嗷嗷的叫聲
妳以母親的姿勢，俯身
用乳房餵哺

陽光也張開嘴
風也張開嘴
土地也張開嘴

妳仍以母親的姿勢，俯身
被吸乾最後一滴乳汁

此後，種子太微小
下種時不要埋得太深
為了紀念妳
我閉著嘴，沈默了十個月
時間一到，種子代替我張開嘴
對著全世界
吶喊

水蠟燭焚身

火焰吐出來的那夜起
風兒就在水面上膜拜
把你的影子一波一波地送過來

我那艘睡著的木舟
被你蕩漾的影子運走了

我無舟可渡，不能靠近你
遠遠地遙望你在水中

自己冒著火焰
焚身

雄花燒盡
再燒雌花
留下的肉身
仍維持你活著的姿勢

讓我那睡著的木舟
載運
載運
在暗夜的水面上

山蘿蔔沈思

你坐在峰頂上沈思
自頸以下，就變成根
埋入貧瘠的土地裡
頸以上
有一些綠葉
一些淡紫色的花團

最重要的是你的頭顱縮小了
我不知你的思考是否也變少

回憶是否也變少
眼睛變小，耳朵變小，嘴唇變小
不再看不再聽也不再說
為什麼你要這樣子活下去

我上山去尋你
你在周夢蝶的一冊詩集裡沈思
見我來時
你把自己夾進詩集裡
讓我翻遍每一頁
也找不出你坐在哪一座峰頂

水筆仔證言

你站在入海口，告訴河流已到終點
此去會在大海中變成潮水
潮升，或許能探望陸地上流過的痕跡
潮落，或許翻落在陰暗的海底

你見到河流這樣的結局
就提起筆來書寫
要寫一篇千萬字的證言
一枝筆不夠，再握一枝枝筆
寫在水面上，水流失了

再寫，交代子子孫孫一定寫下去

我真想向你借一枝筆
和你一起寫
白鷺來擦掉錯字
螃蟹來翻譯成洋文
海鳥來朗讀給船艦聽

這是寫不完的，你只得
站在入海口，告訴河流已到終點
入海之後不能回頭
想登上陸地或想沉入海中
都得和你一樣的命運：站在入海口

白千層捨身

許多分裂後而死去的生命
都圍繞且覆蓋著民主的軸心
許多新的生命
卻在民主的軸心末端長出來
你是這樣的告訴我
叫我在你的軸心體會你的痛苦
叫我到軸心的末端找你的生命

日子變灰白的時候
我靜坐在你面前

當世界被彩色占領
你仍堅持如此的灰白

用灰白層層相疊，來覆蓋世界
此外，世界將因而
陷入冬季
你已無所求
不想有花
有花也讓它灰白

環繞你全身的灰白
是以無數的細胞之愛

一堆蓋一堆
一片疊一片
至死仍不忘護著
為民主運轉的軸心啊

遠離夾竹桃

印度女子，靠近我吧
　　不要咬我
　　　　吻我

端午節過後
妳才出現
以蛇的化身
　　蠍的姿態
站在高速路的安全島上
攔住過客的眼睛

我停車借問：
夏季過後
我如何為妳繁衍子女？
妳在高速的風中搖著頭
我扶著妳
妳一身的毒液
是唯一不變的過錯
印度女子，吻著我
咬著我
我中毒已深

五節芒哀歌

放逐於庭園之外的憂憤子民
從十月底台灣光復後
陸續出現於荒山野地

日據時代，被太陽所烙下的圓形紫暈
在他們額頭繫綁的帶子上
已逐漸褪色
逐漸露出一片白茫

他們，一簇簇的
在寒風中搖撼
無言的
撼動了天地

他們，把身體內凝聚的矽質
逼至葉片邊緣，從髮梢伸出去
像銳利的匕首
為了最後的自衛，割傷了入侵者

文竹訴願

我是陪嫁的弱女子
身細如羽毛，遺棄
在新娘吐出的無奈氣息中飄墜

我是陪嫁的弱女子
彎彎曲曲垂掛在白紗禮服的夢幻中
被玫瑰花的紅色背影吞沒

我是陪嫁的弱女子

在窗外高高的吊起來
窗外，床上被壓扁的玫瑰花也和我同一命運

我是陪嫁的弱女子
不願開花，不願結果，不願生兒女
讓我努力為新娘見證她的一生

紫茉莉落日

每到黃昏，妳就想念著故鄉
故鄉在朝陽出來的地方
而妳卻站在夕陽落下去的地方
重複唱著同一首歌

每到黃昏，妳就打扮自己
想託夕陽捎個口信
明天從故鄉升起時
告訴母親：媽，我活得很好

妳想問夕陽可否帶來故鄉的消息
就把全身的花蕾慢慢開啟
每一個毛細孔都像耳朵一樣
仔細聽著，夕陽滑落前
最後一聲的嘆息

黃昏之後，昆蟲爬上妳身
小蛾投入妳懷裡
牠們都為了在夏夜溫暖的夢中
聽妳輕輕哼著故鄉的歌
一起和妳流淚到天明

輯五

秋葉之幻

花族

花朵自成一屋宇
夫妻相守，子女環繞的蕊
無奈屋外的彩蝶來勾引

荷

撐著粉紅色陽傘的
女子，站著

許多車子，經過時
都從後視鏡
看見變黑的黃昏

曇花

人離開肉體
燈光離開燈

在深夜十二點以後
只有魂魄回來為肉體穿上白衣

蕈

春天的大地是一張美麗的布告
必須以
彩色的圖釘
釘住它
免得這張布告太早被夏季撕去

仙人掌

撲滿爽身粉的男人
毛茸茸的
雙手
雙腿
短髮
還有睫毛，都像黑色的毛毛蟲

黑檀木

裸背
裸臂
裸胸
裸臀

是一個裸體靜坐的老人
他把腦中的
哲學思想也裸露出來

乾葫蘆

自己的皮膚囚禁自己的生命
從傷口
生命慢慢逃亡
逃亡的路線
在皮膚上留下痕跡

風中的根

根永遠要抓著泥土
才能在陽光中繁殖一大片綠色嗎？

我是在風中飄行的根
冒不出一點綠，也冒不出點希望嗎？

就讓我冒出一點血來吧
像火花那樣閃爍一次，在落地之前

枯木春雨

年輪留在我的身體裡面
春天想來為它運轉

我不可能再老了
因為我是一棵枯木

你的淚像春雨一樣
卻讓我的身體一層層的腐爛

草

編織著台灣這片土地
快樂的根
慌張的根
逃亡的根
受傷的根
甦醒的根
復原的根
堅強的根
守護著台灣這片土地

仙人掌的故事

怪異的小頑童
和粗暴的老人
來到了沙漠上
站著等
遠方的駝鈴
搖來自由的聲音

風沙起時
太陽的眼睛紅腫起來

再怎麼揉
也睜不開
瞧不見頑童和老人
多年後
全身的毛和刺
更加尖銳了

黃槐

綠了以後就是黃
黃了以後就是黑
但你要堅持，一種永恆的堅持
在最黃的時候
成為陽光一樣燦爛輝煌

可是，有些人覺得你燦爛得太顯眼
就硬把你指為燈紅酒綠裡的黃
但你還要堅持，一種永恆的堅持

黃色，就是你的皮膚
黃色，就是大地的金

不知不覺的秋冬之季
無情的風沙在你皮膚上烙下傷痕
但你的堅持，是一種永恆的堅持
一條街道越過一條街道
春臨時也要黃色的芽黃色的花

行道樹

站成一排的行道樹
看起來，像目錄
靠近路口紅綠燈處的指示牌
是一篇序文：署名是仁愛路

我路過時
總喜歡翻閱這本書
從目錄讀起
至於這條路分作幾輯
作者的用意

正如都市計畫
出版後
生活空間有一番新面貌

春天時再版
行道樹編了新頁碼
我一路數過去
葉子茂密的想像
字數增多的思考
我又細讀了一個下午
生活不苦
只是忘了還有後記

蓮之幻

我在蓮花的花瓣裡探頭張望
沈睡的乳房，浮在水面上
而倒影卻壓住我急促的喘息

我以一根蓮藕在底下鑽探
濺起水花，並漣漪圈圈
原來，原來，我很野蠻

秋葉之幻

當妳的臉龐呈現灼熱的紅色時
我知道妳，秋葉，妳需要我了

我只是一條意志堅定的小蟲
在樹枝上，在秋風中，慢慢爬向妳
進入妳葉脈的隧道裡
在妳體內我分泌了我的精液

妳緩緩地蜷曲妳的身體
用子宮包裹我，然後不斷的餵哺我

在秋風中搖曳、顫抖
妳長長的一季，我短短的一生

輯六

枯木吟

枯木吟

這時，一隻烏鴉棲息在我的骨骼上，啄食骨骼上殘餘的肉。

我站立在夕陽和土地之間，影子懸掛在半空中，乾瘦，搖盪，然後被黑夜收走。

這時，那隻烏鴉在黑夜中找回了我的影子，將它掛在我的骨骼上，靜靜的，軟軟的影子，沒有生命的影子，依靠了我。

我已站立在朝陽和土地之間，唉，我想旋轉年輪。

可是，一轉動，我的骨骼就崩裂了。

與榕樹對飲

有一棵榕樹在晚宴時和我同桌對飲，三杯之後，我不知為何要醉。榕樹扶著我傾斜的世界，而我的身體不知為何要飛起來，去貼在夜空中。榕樹撐著我旋轉的幻想，而我的眼睛和耳朵不知為何要急速墜落，死在交錯的影子裡。榕樹無語，在晚風中搖動枝葉，輕撫我發燙的臉龐……

可是，我不知為何會看見——從樹的臉龐上有一滴滴滑落的淚水，清醒的，凝結在深夜的邊緣，當黎明通過榕樹時，它閃爍出語言一樣的光芒呀！

蒲公英

我用黃夾克保護一株蒲公英的童年，一隻紅色的甲蟲爬過來，咬下夾克上的黑色鈕扣，牠鑽進去，翻出白色的棉絮。我聽見牠說：「風來了，風來了，你要離開童年。」我的髮揚高了，我的鞋子滾遠了。那年，我只是七歲的兒童。

我被一陣陣增強的風吹著，不知轉身，不知低頭，不知俯下，只在擔心那株弱小的蒲公英。風吹了一整天，我的頭髮、耳朵、鼻子、眉毛、眼球、嘴唇、牙齒、……都隨著風在空中飄浮，不知飄往何處。那年，我想我也是一株蒲公英。

浮萍

我在河中泅水……

綠色的葉片在手臂上漂流，在指尖釋放，一葉一葉，順序出去。出去以後沒有方向，一葉一葉相遇，一葉一葉分離。

手臂是河流，從皮膚底層浮現的，細細的斑點，往下游流，尋找可以靠岸的傷口。

從河中泅水上來的我，背肌、胸膛、雙臂都沾滿了浮萍，我，被浮萍紋身了。我注視著自己的身體上浮萍的流動變化，彷彿一葉葉的相遇與分離，正是我一生的寫照啊！

含羞草

含羞草都是故鄉的小孩啊！我在返鄉的路途中，他們躲藏在逐漸消失的風景裡，偷偷瞧著我，避開我的腳步和身影，卻一路忽左忽右的跟蹤著我。

我是返鄉的人，含羞草都應該認得我哪！我放下行李，彎下腰，仔細看著家鄉這一群小孩，疑慮的神情，不眨的眼睛，張開的小嘴，呆立的身軀，他們從來都是這樣子的嗎？還是因為我的，陌生。他們不認得我，我是這故鄉的人啊！

他們是我的童年，我試著伸手去撫觸，可是，童年卻一再的畏縮，脆弱得萎謝了，葉片閉合下垂，枝梗軟傾，童年倒在地上哭了。我驚懼，縮回我的手，拭著自己眼角的淚。

玫瑰花瓣

妳給我捲曲的舌頭，舔著，背部綿延千里的丘陵；薄薄的舌頭，舔著，頸間隱入髮際的天梯；柔軟的舌頭，舔著，額頂鏤刻歲月的岩壁；光滑的舌頭，舔著，肩胛沈重的堤岸；沾著露珠的舌頭，舔著，雙唇覆蓋住的同樣的舌頭。舌根已潮濕。

舌頭，是一片玫瑰花瓣，在妳說話的言語中，在妳朗頌的詩詞中，在妳歡唱的歌聲中，是那麼的鮮紅！一如當年妳給我的愛啊。

草木部落（後記）

蘇紹連

像栽植一座花園部落，終於有了花神進駐，心思是根蒂，情感是枝梗，語言是葉芽，文字是花朵，還有，我的身體是泥土。

子曰：「小子！何莫學夫詩？詩：可以興，可以觀，可以群，可以怨；邇之事父，遠之事君；多識於鳥、獸、草、木之名。」小子如我，迷詩學詩，進而妄想寫詩，怎可不志於自然萬物的涉獵呢？我尋覓草木，走入草木，化身草木，與草木在季節的更迭中共枯榮。

我的性格像植物，生了根就不想走，但草木有時也要面對移民或流浪的命運，從歐洲到台灣，從美洲到台灣，從南洋到台灣，遷徙到我的花園裡成為一個部落，問起身世，問起故鄉，問起親人，總讓我落淚。我從圖像到文字，在文字裡找到他們本土化的意象時，卻又讓我落淚。

有云：「人非草木，焉能無情？」草木無情嗎？我曾看到草木在黃昏時候凝視夕陽思親，曾聽到草木在晚風吹拂中低語呼喚，他們，何嘗不是人類的身影？

長期沉默的草木，是地球上所有生命中最大沉默的一群，他們生，他們死，芸芸眾生裡來去，就在你我的四周佇立，卻為人類所忽視。

我且以詩栽植他們成為一個部落，花神來進駐，笑容是陽光，眼淚是露珠，語言是漣漪，文字是蝴蝶，還有，我的身體是詩集。

感謝：

感謝《台灣詩學》學刊主編鄭慧如教授的推薦介紹。

感謝吹鼓吹詩論壇〈影像圖文〉版的版主莫方，提供草木相片及設計封面。莫方，本名吳榮邦，臺灣高雄人，文化大學廣告系第四屆畢業。其人興趣廣泛，多涉文藝，曾以明日報個人新聞台為基地，出入各大文學網站發表創作，以詩作為主，為《我們這群詩妖》逗陣新聞網成員之一，亦曾以詩裝置《在夢的邊緣飛行》參加文藝協會舉辦之《二〇〇三年跨界遊藝新詩物件展》。歷任國中小教科書美術編輯及美術主編多年，現於美國沙凡納藝術設計學院（Savannah College of Art and Design）攻讀平面設計碩士學位，課餘潛心鑽研攝影，兼任《數位視野》攝影網站評議委員一職。

感謝秀威資訊科技股份有限公司給予出版的機會。

米羅・卡索（蘇紹連）寫作年表

一九四九年・生於台中縣沙鹿鎮。

一九六二年・畢業於沙鹿國民小學。

一九六五年・畢業於清水中學初中部。

一九六八年・與洪醒夫、蕭文煌、陳義芝籌組「後浪詩社」於台中市。

一九六九年・獲「教育廳學生文藝創作獎」大專組小說獎。

一九七〇年・畢業於台中師範專科學校。

一九七一年・與林煥彰、辛牧、喬林、施善繼、蕭蕭等共組「龍族詩社」。

一九七二年・重整「後浪詩社」，出版《後浪詩刊》共出十二期。

一九七三年・參加台中縣國語文競賽教師組作文第一名。

一九七四年・《後浪詩刊》改版易名為《詩人季刊》，共出十八期。

・獲「創世紀二十週年詩創作獎」。

一九七八年・第一本詩集《茫茫集》由大昇出版社出版。

一九八〇年・以《父親與我》作品獲第十六屆國軍文藝金像獎長詩銅像獎。

・以《線索》作品獲聯合報小說獎極短篇獎。

一九八一年・以《小丑之死》作品獲第四屆中國時報文學獎敘事詩佳作。

・以《大開拓》作品獲第十七屆國軍文藝金像獎長詩銅像獎。

一九八二年・以《雨中的廟》作品獲第五屆中國時報文學獎敘事詩優等獎。

一九八三年・以《深巷》作品獲第六屆中國時報文學獎新詩評審獎。

一九八四年・以《三代》作品獲第七屆中國時報文學獎新詩評審獎。

一九八六年・兒童寫作指導專書《兒童樹》出版。

一九八八年・以《童話的遊行》作品獲第十一屆中國時報文學獎新詩首獎。

一九八九年・以《呼喊自己》詩輯獲台灣新聞報西子灣副刊文學獎新詩首獎。

一九九〇年・以《童話遊行》詩集獲第十三屆中興文藝新詩類獎章。

・詩集《童話遊行》由尚書文化出版社出版。

・詩集《驚心散文詩》由爾雅出版社出版。

・詩集《河悲》由台中縣立文化中心出版。

・以《安莉的腳和樹的手》獲十七屆洪建全兒童文學獎童話優選。

・以《媽媽眼中的孩子》獲十七屆洪建全兒童文學獎童詩優選。

一九九一年・以《小孩與昆蟲的對話》獲聯合報文學獎新詩獎。

一九九二年・與向明、白靈、渡也、李瑞騰、蕭蕭、游喚、尹玲等八人籌辦「台灣詩學季刊」社。

一九九七年・獲台中縣文藝作家協會頒文鋒獎章。

・童詩集《雙胞胎月亮》由三民書局出版。

・獲一九九六年度詩選（現代詩社出版）詩人獎。
・詩集《隱形或者變形》〔散文詩〕由九歌出版社出版。
・網路筆名「米羅・卡索」。

一九九八年・童詩集《行過老樹林》由三民書局出版。
・詩集《我牽著一匹白馬》由台中市立文化中心出版。
・以《世紀末台灣新戀曲》獲第二屆台灣文學獎現代詩佳作。
・設「台灣詩土・現代詩的島嶼」個人詩作網站。
（http://residence.educities.edu.tw/purism/）。

二〇〇〇年・設「Flash超文學」個人超文本作品網站。
（http://myweb.hinet.net/home2/poetry/flashpoem/index.html）。

二〇〇一年・詩集《臺灣鄉鎮小孩》由九歌出版社出版。

二〇〇二年・獲台中市大墩文學獎貢獻獎。

二〇〇三年・設「台灣詩學・吹鼓吹詩論壇」網站
（http://www.taiwanpoetry.com/forum/index.php）。

二〇〇四年・再度獲年度詩選（二魚文化出版）詩人獎。
・設「台灣春風少年兄——意象轟趴密室」部落格
（http://blog.sina.com.tw/weblog.php?blog_id=3187）。

二〇〇五年・詩集《草木有情》由秀威資訊科技股份有限公司出版。

國家圖書館出版品預行編目

草木有情 / 蘇紹連著. -- 一版.

臺北市 : 秀威資訊科技, 2005[民 94]

面 ;　公分. – 參考書目 : 面

ISBN 978-986-7263-37-7(平裝)

851.486　　94008931

語言文學類　PG0058

草木有情

作　　者 / 米羅・卡索
發 行 人 / 宋政坤
執行編輯 / 李坤城
圖文排版 / 劉逸倩
封面設計 / 羅季芬
數位轉譯 / 徐真玉　沈裕閔
圖書銷售 / 林怡君
法律顧問 / 毛國樑　律師
出版印製 / 秀威資訊科技股份有限公司
台北市內湖區瑞光路 583 巷 25 號 1 樓
電話：02-2657-9211　傳真：02-2657-9106
E-mail：service@showwe.com.tw
經 銷 商 / 紅螞蟻圖書有限公司
台北市內湖區舊宗路二段 121 巷 28、32 號 4 樓
電話：02-2795-3656　傳真：02-2795-4100
http://www.e-redant.com

2005 年 5 月 BOD 一版
定價：190 元

讀　者　回　函　卡

感謝您購買本書，為提升服務品質，煩請填寫以下問卷，收到您的寶貴意見後，我們會仔細收藏記錄並回贈紀念品，謝謝！

1.您購買的書名：____________________________

2.您從何得知本書的消息？

☐網路書店　☐部落格　☐資料庫搜尋　☐書訊　☐電子報　☐書店

☐平面媒體　☐ 朋友推薦　☐網站推薦　☐其他__________

3.您對本書的評價：(請填代號　1.非常滿意 2.滿意 3.尚可 4.再改進)

封面設計____　版面編排____　內容____　文/譯筆____　價格____

4.讀完書後您覺得：

☐很有收獲　☐有收獲　☐收獲不多　☐沒收獲

5.您會推薦本書給朋友嗎？

☐會　☐不會，為什麼？____________________________________

6.其他寶貴的意見：____

____

____

____

讀者基本資料

姓名：____________________ 年齡：_____　性別：☐女 ☐男

聯絡電話：________________ E-mail：____________________

地址：____

學歷：☐高中(含)以下　☐高中　☐專科學校　☐大學

☐研究所(含)以上 ☐其他________________

職業：☐製造業 ☐金融業 ☐資訊業 ☐軍警 ☐傳播業 ☐自由業

☐服務業 ☐公務員 ☐教職　☐學生 ☐其他__________

請貼
郵票

To：114

台北市內湖區瑞光路 583 巷 25 號 1 樓

秀威資訊科技股份有限公司　　　收

寄件人姓名：

寄件人地址：□□□

(請沿線對摺寄回,謝謝!)

秀威與 BOD

BOD（Books On Demand）是數位出版的大趨勢，秀威資訊率先運用 POD 數位印刷設備來生產書籍，並提供作者全程數位出版服務，致使書籍產銷零庫存，知識傳承不絕版，目前已開闢以下書系：

一、BOD 學術著作—專業論述的閱讀延伸
二、BOD 個人著作—分享生命的心路歷程
三、BOD 旅遊著作—個人深度旅遊文學創作
四、BOD 大陸學者—大陸專業學者學術出版
五、POD 獨家經銷—數位產製的代發行書籍

BOD 秀威網路書店：www.showwe.com.tw
政府出版品網路書店：www.*gov*books.com.tw

永不絕版的故事・自己寫・永不休止的音符・自己唱